उपहार

स्वयं का अंश साँझा करना

संदीप मोहन

यह पुस्तक इसे पढ़ने वाले हर व्यक्ति के लिए एक उपहार है।

क्रम-सूची

उदाहरण

जीवन के सबसे महत्वपूर्ण उपहार

1

समय

किसी भी उपहार का मूल्य इस बात से निर्धारित होता है कि उसे देने वाला अपने संग्रह में से कितनी कीमत का त्याग करता है। आधुनिक काल में उपहार केवल एक औपचारिकता मात्र रह गया है।

एक उपहार जो सबसे ज्यादा कीमती है, अब दिया नहीं जाता। लोग उसे संजोह कर रखते हैं पर खुद भी उसे बर्बाद ही करते हैं। यह एक ऐसी संपत्ति है जिसको बाँट कर ही उसका सही उपयोग किया जा सकता है।

भीम सिंह अपने गांव से बाहर नौकरी के सिलसिले में अपने दो बच्चों और बीवी को छोड़ कर रहता था। अकेले एक छोटे कमरे में हर रात वह बस अपने परिवार को याद करता रहता। अपने बूढ़े माँ-बाप के बारे में सोच कर अक्सर वह रोया करता था। उसे इस बात से थोड़ी राहत थी कि उसके माता-पिता उसके बच्चों की परवरिश में उसकी बीवी का हाथ बटा सकते थे।

महीने में एक बार भीम सिंह का यही प्रयास होता था कि वह अपने बच्चों से मिल सके। जब भी वह जा पाता, तो वह अपने बच्चों के लिए उपहार में कुछ मिठाईयाँ और खिलौने लेकर जाता। पर उसका छोटा बेटा कुमार सभी उपहारों को परे करके सबसे पहले अपने पिता के सीने से लिपट जाता और नम आँखों के साथ भारी आवाज़ में सिर्फ एक ही बात कहता, 'पिताजी, अब वापस मत जाना।'

लेकिन हर बार रविवार की रात कुमार के सो जाने के बाद वह बस पकड़ कर शहर लौट आता।

अपनी पंद्रह साल की बेटी नंदनी के जन्मदिन के लिए भीम सिंह बहुत उत्साहित था। उसके लिए उसकी बेटी पूरे संसार से बड़ी थी।

शाम को दफ़्तर से लौटते हुए उसने अपनी बेटी के लिए एक बहुत सुंदर लहंगा-चोली, बीवी के लिए एक साड़ी, बेटे के लिए कुछ खिलौने, और माता-पिता के लिए फल खरीदे।

शाम की आखिरी बस का इंतजार करते हुए वह बस स्टॉप पर खड़ा था। तभी, बिना चेतावनी के, कुछ बदमाश उसके हाथ से उपहारों का झोला छीन कर भाग गए। घबराहट में वह उन बदमाशों के पीछे भाग पड़ा। कुछ कदम दौड़ा ही था कि बस ने सिटी बजा कर उसे चेतावनी दी। यदि वह बदमाशों के पीछे भागता तो अपने बच्चों से मिलने का समय से नहीं पहुंच पाता।

असमंजस में कुछ पल खड़े-खड़े उसने बस में बैठना ही उचित समझा।

पूरे पांच घंटे का सफ़र भीम सिंह ने इन्ही विचारों में बिताया कि वह अपने बच्चों से क्या कहेगा, महीनों में एक बार वह कुछ उपहार ही तो अपने बच्चों को दे पाता था। हताश और निराश वह अपने घर की ओर चलता रहा।

अगली सुबह दहलीज़ के भीतर कदम रखते ही कुमार आकर उससे लिपट गया। 'पिताजी, अब वापस मत जाना' उसने फिर रोते हुए कहा। भीम सिंह ने मजबूरी में फिर वही झूठा वादा किया कि अब वह वापस नहीं जाएगा।

नंदनी को जन्मदिन की बधाई देते हुए उसने माफ़ी मांगी और उसे पूरा किस्सा सुनाया कि क्यों वह उसका उपहार नहीं ला सका। नंदनी ने उसके पिता के पास बैठ कर प्यार से कहा, 'आप अपनी इतनी व्यस्त दिनचर्या में से हमसे मिलने के लिए इतना समय निकाल लेते हैं, इतना लम्बा सफर कर के हम से मिलने आते हैं, आपका यह उपहार किसी भी अन्य उपहार से बढ़ कर हैं।'

यह सुन भीम सिंह की आंखों में आंसू आ गए। उसने दूर बैठ कर मुस्कुराते हुए अपने पिता को देखा।

'दादा जी कहते हैं, समय से बड़ा कोई उपहार नहीं। किसी को समय दे पाना और किसी से समय मिलना, यह सबसे बड़ा उपहार है।' मुस्कुराते हुए भीम सिंह ने नंदनी को गले से लगाया और उसके बूढ़े दादा जी उठ कर करीब आये।

'बेटा भीम, हम जानते हैं कि कितनी मेहनत से तुम अपने परिवार के लिए पाई-पाई जोड़ते हो, हमें तुम्हारे इस समर्पण पर गर्व है। और उपहार

के खिलौने चार दिन में टूट जाते हैं, कपड़े दो दिन में मैले हो जाते हैं, मिठाई उसी दिन खा ली जाती है, पर तुम्हारा यह समय का उपहार हमें अगली मुलाकात तक ताकत देता है।'

भीम सिंह ने अपने चालीस साल के जीवन में अपनी पंद्रह साल की बेटी से एक बहुत बड़ा सबक सीखा। समय सबसे ज्यादा मूल्यवान होता है, और इसकी भेट सबसे बड़ी होती है। अपने इस्तीफे पर हस्ताक्षर करते हुए भीम सिंह के मन में केवल यही विचार थे। उसने समझा कि जीवन में अपने खास लोगों को समय से बड़ा कोई उपहार नहीं मिल सकता। और वही हमारी मृत्युशय्या पर हमें याद आता है, अपनों के संग बिताया समय।

2

सम्मान

किसी गाँव के समीप छोटी पहाड़ियों के बीच घुमावदार पगडंडियों पर टहलते हुए एक पिता व पुत्र बातें कर रहे थे। पिता, रघु को अपने पुत्र, मकरंद के प्रश्नों के उत्तर देना खूब भाता था। प्रश्नों की बढ़ती पेचीदगी रघु को अपने पुत्र पर गर्व का एहसास दिलाती थी।

राह चलते हुए मकरंद अपने विचारों में खोया हुआ, एक पत्थर को अपने पैरों से ठोकर मारता चल रहा था। खेलते-खेलते, वह छोटा पत्थर रास्ते से हट कर झाड़ियों में खो गया।

मकरंद ने अपने पिता का हाथ छोड़ कर उसे लेने दौड़ा। तभी, रघु ने उसे आवाज़ दी। 'मकरंद, अब जाने भी दो पुत्र, तुम उस पत्थर को पर्याप्त ठोकरें मार चुके हो।' रघु ने हँस कर कहा। मकरंद ने अपने पिता की ओर देखा और कुछ संचयपूर्ण भाव के साथ पूछा। 'ऐसा क्यों? पत्थर को तो पीड़ा का अनुभव नहीं होता ना पिताजी?'

रघू ने अपने पुत्र को मुस्कुराते हुए कहा, 'नहीं। परन्तु प्रश्न केवल पीड़ा पहुंचाने का नहीं हैं। प्रश्न सम्मान देने का हैं।'

मकरंद के चेहरे पर उसके मन में उठी उलझन साफ दिखाई पड़ रही थी। एक निर्जीव वस्तु के प्रति मन में सम्मान की क्या आवश्यकता?

'मैं तुम्हारी दुविधा समझता हूँ पुत्र।' रघू ने हँस कर कहा। यह कहते हुए रघू ने जा कर वह पत्थर उठा लिया और मकरंद को वह पत्थर दिखाते हुए उससे पूछा, 'अच्छा यह बताओ पुत्र के किसी का भी सम्मान हम क्यों करते हैं? तुम अपने दादाजी का सम्मान क्यों करते हो?'

मकरंद सोचने लगा। पर उसे उत्तर नहीं मिला। उसने उसके पिता की और देखा और विचार करते हुए कहा, 'क्योंकि वे बुजुर्ग हैं।'

रघू ने मुस्कुरा कर मकरंद को भी अपने साथ बैठा लिया। 'यह तो कोई कारण नहीं हुआ! तुम एक बालक हो तो क्या तुम्हारा सम्मान नहीं होना चाहिए?'

मकरंद के चेहरे पर उलझन की लकीरें गहरी पड़ती जा रहीं थी। वह बेसब्री से प्रतीक्षा कर रहा था के कब उसे उत्तर मिले। यह देख रघू ने देर न करते हुए मकरंद को उत्तर और उसी में समाया हुआ पाठ जल्द से जल्द

दे देना उचित समझा।

'पुत्र, आदर-सम्मान यह जटिल भावनाएं हैं। इन्हें हम मनुष्य ही अनुभव कर सकते हैं। जीव-जंतु नहीं।' मकरंद सोचने लगा और सोचते-सोचते उसकी नज़र निकट ही एक चींटियों की बाम्बू पर गई।

'गौर से देखो उन चींटियों को। कितनी अनुशासित हैं, हैं न?' रघू ने उत्सुकता के साथ पूछा। 'जी पिताजी, वे एक कतार में ही चलती हैं, झगड़ती नहीं आगे निकलने के लिए, और लगन के साथ मेहनत करती हैं।' मकरंद ने अपने पिता की और देखते हुए जिज्ञासा भरी आँखों के साथ पूछा, 'वे किसका सम्मान करती हैं पिताजी?'

'किसी का नहीं,' यह उत्तर सुन कर मकरंद को थोड़ी हैरत हुई। पिताजी ने इनका वर्णन ही क्यों किया होगा जब यह किसी का सम्मान नहीं करती। उसने सोचा। 'पुत्र कीट-पतंगों की बुद्धि इतनी विकसित नहीं होती के सम्मान भाव को समझ सके। यही समझ तो हमें उनसे अलग बानाती हैं।' मकरंद को यह सुन कर चींटियों के वर्णन का कारण समझ आया।

'अच्छा अब एक प्रश्न का उत्तर दो मकरंद, देखें तुम्हें बात समझ आ रही हैं या नहीं। जब कोई बैल हल को खिंचता हैं और अपने मालिक का कहा मानता है, तो क्या उसके मन मे उसके मालिक के प्रति सम्मान होता है?' मकरंद अपनी क्षमता में कुछ क्षण विचार करने के बाद बोला, 'नहीं पिताजी, मेरे अनुसार उस बैल को कौडो से पड़ने वाली मार का भय होता है, इसीलिए वह अपने मालिक का कहा मानता है।'

रघू ने अपने पुत्र पर गर्व करते हुए एक गहरी सांस ली। और उसकी पीठ पर हाथ रखा। 'बहुत अच्छे पुत्र, भय को आदर समझ लेने की मूर्खता अक्सर लोग करते है। पर जब तुम दादाजी का सर दबाते हो, उसमे सम्मान होता है। सम्मान का आधार प्रेम है, जहां प्रेम होता है केवल वहीं सम्मान रह सकता है।' मकरंद चुप था। कई सारे विचार उसके मन मे चल रहे थे।

'पिताजी क्या बैल प्रेम का अनुभव कर सकता है?'

रघू ने स्नेह के साथ मकरंद के सर पर हाथ फेरा। 'हाँ बिलकुल, प्रेम, दुख, और आनन्द मौलिक भावनाए हैं। इन्हें हम मनुष्यों के अलावा

भी कई जीव अनुभव कर सकते हैं। संसार मे प्रेम का भाव जीवित रहे इसलिए हमारे प्राचीन ज्ञानियों ने हमें यह संस्कार दिए। जिनमे सम्मान एक ऐसा उपहार हैं जो सभी को अच्छा लगता हैं और एक मज़बूत सम्बन्ध बनाने मे हमारी सहायता करता हैं।'

मकरंद अपना सर खुजलाते हुए खड़ा हो गया और उसने उसके पिता के हाथ से वो छोटा पत्थर छीन लिया।

'पिताजी, इस छोटे से पत्थर से न तो मुझे प्रेम है, न भय, मैं इसका सम्मान क्यों करू?' यह कहते हुए मकरंद ने उस पत्थर को फेकने के लिए अपना हाथ उठाया। रघू ने झट उसका हाथ रोक दिया।

रघू बैठा ही रहा और मकरंद के हाथ से वो पत्थर ले कर बोला, 'पुत्र, इस छोटे पत्थर का सम्मान करना तुम्हे एक बहुत भयानक विश से बचाएगा। वह विश जो अनेक जीवनो को नष्ट कर देता है।'

'ऐसा वह कौनसा विश है, और कहा से आएगा?' मकरंद ने अपनी बालकपन की मासूमियत को साँझा करते हुए पूछा।

'अहंकार, पुत्र अहंकार वह विश हैं। हम अपमान या अनादार उन्ही का करते है जो हमसे कमज़ोर या हमें चोट पहुँचाने में असमर्थ होते है। पर हमें यह सदैव स्मरण रहना चाहिए के क्षमता केवल अवस्था पर निर्भर होती है। एक चूहा हाथी के सामने निर्बल होता है, परन्तु वही चूहा अगर हाथी के कान मे चला जाये तो उसकी मृत्यु का कारण बन सकता है। जरा अपना एक जूता निकालो मकरंद।' रघू ने मकरंद को अचरज मे डालते हुए कहा।

पुत्र ने पिता की आज्ञा का पालन करते हुए अपना एक जूता निकाल दिया। रघू ने वह छोटा पत्थर मकरंद के जूते मे डाला और उसे वह जूता पहन लेने को कहा।

'पर पिताजी...' मकरंद समझ नहीं पाया पर किसी तरह उसने वह जूता अपने पैर पर चढ़ा ही लिया।

'अब चलो पुत्र हम अपने घर तक का सफर फिर शुरू करतें हैं।'

बस दो कदम चल कर ही मकरंद रुक गया और दर्द से सिसकियाँ लेने लगा। रघू ने उसके जूते से पत्थर को निकाल कर उसके पैरों को अपने हाथो से सहलाया।

'हम यह मान कर इस पत्थर का सम्मान कर सकते हैं की कम से कम वह हमारे जूते मे नहीं हैं।' यह कह कर रघू हसने लगा।

'पुत्र, इन सभी निर्जीव वस्तुओ का भी सम्मान करने मे यदि हम सक्षम हो गए, तो हर किसी व्यक्ति, वस्तु, या पशु का भी सम्मान करना हमारे लिए सहज होगा।'

अपने पिता का हाथ फिर पकड़ कर चलते हुए मकरंद को बहुत सी बाते समझ आई। 'पिताजी? क्या इसीलिए दादी हमेशा पुस्तक, झाड़ू, दरवाजे, को पैर लगने पर सर से लगाने को कहती हैं? और किसी भी काम को जो हाथो से होना चाहिए, पैरों से करने पर डाँटती हैं?'

'बिल्कुल सही मकरं

द, तुम आज यह बात तो सीख ही गए।'

'पर दादी कहती हैं के ऐसा करने से पाप लगता है।'

'हाँ, वह इसलिए है क्योंकी उसे भी इसी तरह उसके माता-पिता ने सीखाया होगा। वह तुम्हारे बड़े दिमाग़ की जिज्ञासा को शांत करने मे असमर्थ हैं पुत्र।'

रघू ने घर की ओर कुछ आखिरी कदम बढ़ाते हुए अपने पुत्र से कहा।

'सम्मान एक ऐसी संपत्ति हैं जिसे बाँटने से वह कम नहीं होती। और केवल यह एक उपहार ऐसा हैं जिसे देने व लेने से यह पूर्ण विश्व एक बेहतर जगह बन सकता हैं। इन छोटी, बेमोल, निर्जीव वस्तुओ का भी सम्मान करने से हमारे दिलो मे प्रेम का भाव बना रहता हैं और हम सुख का अनुभव करते हैं, और अहंकार हमसे दूर रहता है।'

3

समर्थन

"संसार में सदैव हर व्यक्ति किसी न किसी समस्या से कभी न कभी जूझ रहा होता है। समस्याएं हर व्यक्ति को होती हैं। जिनको अभी नहीं हैं, उन्हें पहले कभी रही होंगी। जिन्हें पहले भी नहीं रही, उनकी प्रतीक्षा समस्याएं भविष्य में कर रही होंगी।

जीवन की यह एक विशेषता है, यह सदैव परिवर्तनशील रहता है। निरंतर यह परिस्थितियों को बदलता रहता है। और हर व्यक्ति की यही उलझन होती है कि वह किस तरह उन परिस्थितियों को अपने अनुकूल रख सकता है। पर दोष परिस्थितियों का नहीं होता, उनका तो स्वाभाव ही बदल जाने का है। परन्तु, व्यक्ति को यह ज्ञात रहना चाहिए कि दुखद परिस्थिति में सुखी रहने का प्रयास करके वह सुखों को आमंत्रित कर सकता है, वैसे ही सुखद परिस्थिति में अधिक की अभिलाषा रखकर दुखी रहने से वह दुखों को आमंत्रित करता है।

यह मानव प्रवृत्ति है, इसमें किसी व्यक्ति का कोई दोष नहीं होता। इन्हीं परिस्थितियों में हमारा सामाजिक होना हमें सहारा देता है। दुखों में हमें हमारे मित्र, परिवारजन, और सम्बंधी हौलसा देते हैं और बीती बातों को भूलकर आगे बढ़ने की प्रेरणा देते हैं। परन्तु यह प्रत्यक्ष है कि वर्तमान काल में हमारे शुभचिंतक हमारे सुखों में हमारा समर्थन करने में असमर्थ हैं।"

शिक्षक के इतना कहते ही कक्षा मे एक बालिका ने अपना हाथ उठाया।

"वह कैसे आचार्य जी?" वह खड़ी हो कर बोली।

"चलो इस बात कों समझने के लिए मैं तुम्हे एक लघु कथा सुनाता हूँ जो मुझे मेरे पिताजी सुनाया करते थे।" आचार्य अपनी कुर्सी से उठ कर कक्षा मे बच्चों के बिच टहलने निकल गए।

"एक गांव मे एक कुम्हार अपने किशोर पुत्र कों मिट्टी के बर्तन बनाना सीखा रहा था। अब तक उसके पुत्र ने केवल गमले और दीपक बनाना ही सीखा था। वह जब भी घुमते हुए चाक पर एक मटका बनाने का प्रयास करता, तब उसके गले का आकार छोटा करते हुए वह मटका ढह जाता। उसके पिता यह देख उससे बहुत निराश होते। पुत्र भी अपने आप से निराश हो जाता और अभ्यास छोड़ देता। एक दिन वह मटका तैयार करने मे कामियाब हुआ और उसके पिता भी उसकी सफलता

से खुश हुए। परन्तु निकट आ कर देखने पर कुम्हार को उसके पुत्र के बनाए मटके मे कोई कमी दिखाई दी। उसने अपने पुत्र कों गुस्से से देखा। रसोई से यह सब देख रही उसकी माँ बड़ी चिंतित थी। 'यह मटका भट्टी मे रखते समय ही टूट जायेगा। क्या तुझ मे इतनी अक्ल नहीं? मुख! बचपन से मुझे देख रहा है, सालो से मटके बेच रहा है, इसकी मोटाई कितनी होना चाहिए तुझे पता नहीं?' कुम्हार ने अपने पुत्र कों डाँटते हुए कहा। क्या कोई बता सकता है के यहाँ तक इस कथा मे मेरी पहले बताई हुई बात से कितना सम्बन्ध है?" शिक्षक ने अपनी कक्षा से पूछा। सभी बच्चे सोच मे थे तभी उसी बालिका ने अपना हाथ उठाया।

'हाँ नेहा, बताओ।"

"आचार्य जी, यह उदाहरण हो गया आपकी बात का के दुख की परिस्थिति मे सुखी होने का प्रयास करने से सुख आता है, पर कुम्हार अपने पुत्र की दुखद परिस्थिति मे उसे और दुख दे रहा है।" बालिका ने गर्व के साथ प्रश्न का उत्तर दिया।

"बहुत खूब नेहा। हाँ, किसी भी दुखद परिस्थिति मे हमारे अपने हमें हौसला दे कर ही हमारा समर्थन कर सकते हैं। जो हुआ वह बुरा था, किन्तु हमें अब भविष्य के बारे मे विचार करना चाहिए। कुम्हार अपने क्रोध और निराशा मे घर से बाहर चला गया। किशोर पुत्र अपने हाथो मे कला की कमी कों कोसते हुए रोने लगा। तभी उसके लिए चिंतित हो कर उसकी माँ उसके पास आई। 'उदास मत हो पुत्र कितना सुन्दर मटका बनाया हैं तुमने, यह देखा?' अपनी माँ कों अपने सर पर हाथ फेरते हुए महसूस कर कर युवक ने अपने आँसू पोछे और अपने बनाए हुए मटके कों गौर से देखा। माँ की बात तो सही हैं, मटका थोड़ा कमज़ोर ही सही परन्तु बहुत सुन्दर बना है। उसके पेट की गोलाई और गर्दन का घुमाव उसके पिता के हाथो बने किसी भी मटके से सुन्दर है। यह सोचते हुए उसे हार न मानने की प्रेरणा मिली। उस शाम से युवक ने मध्यरात्रि तक पुरे पंद्रह सुन्दर-सुन्दर मटके बनाए। अपने पिता कों न बताते हुए उसने उन्हें भट्टी मे पकने के लिए रख दिया।

अगली सुबह जब उसके पिताजी दुकान पर पहुचे, उन्होंने देखा के दुकान के बाहर बहुत से लोग खड़े हैं। देखते ही देखते दोपहर से पहले

युवक के बनाए सारे मटके बिक गए। उसके पिता के दिन भर की कमाई से दुगनी कमाई युवक ने दिन के पहले पहर मे ही कर ली।

घर लौट कर उसने यह किस्सा अपनी माँ कों गले लगाते हुए बताया। उसके माता-पिता दोनो अपने पुत्र के लिए बहुत खुश थे।

'बहुत अच्छे बेटे, आखिर मेरी डाँट ने कमाल कर दिखाया।' उसके पिता ने ठहाके मारते हुए कहा। पुत्र ने अपनी माँ की और देख कर मुस्कुराते हुए धन्यवाद कहा। यह उसकी माँ का सही समर्थन ही था जिसने उसे आगे मेहनत करने के लिए प्रेरित किया। देर रात्रि भोजन के बाद सोने से पहले, युवक के पिता ने उसे आवाज़ लगाई, 'अरे पुत्र, तुमने आज वाकई मेरे कलेजे कों ठंडक पहुंचाई है। अब मैं जानता हूँ के तुम काम सीख चुके हो। पर अभी ज्यादा खुश होने का समय नहीं हैं। हमारी दुकान की सुराही आस पास के गावों मे भी प्रसिद्ध है। कल से तुम उन्हें बनाना सीखोगे, तैयार रहना।" अपने पुत्र से यह कह कर कुम्हार सो गया। पूरी रात युवक के मन उसके पिता की डाँट ही चलती रही। सुराही की पतली गर्दन बनाना बेहद जटिल कारीगरी का काम था। इस चिंतन के दौरान उसने अपनी माँ को रसोई मे देखा। वह उसे अपने पास बुला रही थी। अपने पुत्र को एक कटोरी खीर देते हुए उसने कहा, "बेटा, पिताजी गलत नहीं हैं, वे चाहते हैं के तुम जल्दी से काम सीख जाओ और व्यापार कों और आगे ले जाओ, उनके कड़े स्वाभाव से तुम अपना मन छोटा न करो। आज की सफलता का आनंद लो और खुश रहो। बेहतर बनने की चेष्टा करो, परन्तु वर्तमान मे स्वयं की उपलब्धियों से प्रसन्न रहो, भविष्य की जटिलता मे वर्तमान के नन्हें कुम्हार कों रख कर डराओ मत। वह समय आते आते बहुत कुशल बन जायेगा।" इस प्रसंग के बाद युवक सुख से अपने पिता की डाँट सुनते हुए सारा काम सीख गया और बहुत धनवान व्यापारी बना।

तो बच्चों, क्या आपको समझ आयी मेरी बात?" शिक्षक ने अपनी कक्षा से कहा। नेहा ने फिर खड़े हो कर हडबड़ी मे उत्तर दिया।

"जी आचार्य जी, युवक की माता ने उसका समर्थन किया सही समय पर सही सुझाव दे कर। उसे दुख मे सुख ढूंढ़ना सिखाया और सुख मे सुखी बने रहना सिखाया।"

"बहुत अच्छे नेहा। समर्थन बच्चों, एक ऐसा उपहार है जो हम सभी कों नहीं देते। यह उपहार हम केवल अपनो को ही देते हैं क्योंकी यह एक उपहार ऐसा हैं जो साथ मे दो और कीमती उपहार ले जाता हैं, समय और सम्मान। सम्मान की अनुपस्थिती मे समर्थन सदैव गलत होता है। जैसे कुम्हार के मन मे अपने पुत्र के प्रति सम्मान न होने के कारण वह उसे बेहतर बनने की चिंता करने कों कह रहा था। उसके उलट युवक की माँ जिसके मन मे अपने मेहनती पुत्र के लिए ढेर सम्मान था, उसने उसे वर्तमान मे प्रसन्न रहते हुए मेहनत करते रहने की प्रेरणा दी।"

उपसंहार

4

गुरु और शिष्य

"गुरूजी इन कथाओं से मेरी समस्या का क्या सम्बन्ध है? मैं समझने में असमर्थ हूँ।" संत मुरली ने अपने गुरु शिवानंद से पूछा। हिमालय की तल्हाटी में एक छोटी जलधारा के समीप, हरे-भरे वृक्षों की छाया में बैठ, दोनो गुरु और चेला सत्संग में विलीन थे। संत मुरली अपने गुरु के पास कुछ समस्याओं का हल लेने आए थे। गुरु शिवानंद ने धैर्य के साथ संत मुरली की बातो को सुना। पर उनकी प्रतिक्रिया से संत मुरली संतुष्ट नहीं थे।

मुस्कुराते हुए गुरु शिवानंद ने अपने शिष्य कों पास ही मे बहती जलधारा की और देखने का इशारा किया। जलधारा की खलखल वन की शांति को बहुत ही मधुरता से भेद कर मन को शांती कर अनुभव करा रही थी। उसकी चंचल लहरों पर सूरज की किरणे लुभावने प्रतिबिम्ब बना रही थी।

"यह तीन उपहार इस संसार की सारी समस्याओ को हल करने मे सक्षम हैं मुरली, तुम्हारी समस्या तो बहुत सूक्ष्म है। अपने मन को केवल उस धारा की तरह बहने दो, उसे भौतिक, मानसिक, सामाजिक, पारिवारिक, एवं मौलिक बाधाओं से मुक्त करो। देखो उस धारा को। क्या होगा यदि हम इस धारा मे एक बांध बना दें?" संत मुरली को उत्तर देने मे समय नहीं लगा। "धारा का प्रवाह थम जायेगा और बांध के पीछे जल का स्तर बढ़ने लगेगा।"

"उचित है, मुरली। मान लो के वो धारा तुम्हारा मन है जिसमे बहता जल तुम्हारे विचार हैं। उन विचारों के वेग से तुम ध्यान करने मे असमर्थ हो। तुम चाहते हो के विचारों का बहाव रुक जाये, परन्तु अब तुम्हे यह ज्ञात हैं के यदि तुमने एकाएक बहाव को अवरोधित किया तो क्या होगा। विचारों के अचानक बढ़ते स्तर से उनका दाब तुम्हारे बनाए बांध को गिरा ही देगा। और बांध के गिरते ही कुछ समय के लिए विचारों का वेग पहले से कई गुना अधिक होगा। तब तुम क्या करोगे?" संत मुरली अपने गुरु की बात सुन कर विचारों मे खो गए, यह सोचते हुए के अब भी उन तीन कथाओं का उनके ध्यान संबंधित समस्याओ से क्या संबंध होगा।

"चिंतन करो, एक व्यक्ति मदिरा की लत से परेशान है, उसकी सेहत, उसका परिवार, दोस्त-यार सभी उसकी इस आदत से परेशान हैं। व्याकुल हो कर वह व्यक्ति एक दिन मदिरा का त्याग कर देता है, पता है फिर क्या होता है?" संत मुरली को इस विषय मे ज्यादा ज्ञान नहीं था। वें चुप-चाप अपने गुरु की ओर अपेक्षा भरी आँखो से देखते रहे।

"वह व्यक्ति अगले ही दिन ज्ञात करता है के मदिरा के स्वाद, गंध,

या रंग ने उसे आदि नहीं बनाया था। बल्कि, मदिरापान करने के बाद जब उसका मस्तिष्क सामाजिक तकलीफो से पलायन कर जाता है, उस पलायन की उसे लत थी।"

गुरु शिवानंद ने अपने शिष्य को घोर विचारो से घिरा देख कर शांत रहने की सलाह दी।

"कुछ दिन वह व्यक्ति जूझता है अचानक विचारों की आई उस बाढ़ से। उसका शरीर भी अचानक आए बदलाव का विरोध करता है। काँपता है, घबराता है, धड़कने बढ़ने लगती है, इससे वह व्यक्ति भय का शिकार हो जाता है। उसका मस्तिष्क उसे फुसलाता है, भावुक कर कर उसे फिर पलायन करने का सुझाव देता है। व्यक्ति भयभीत हो कर अपने आप पर दया करने लगता है, कहता है के वह बाकि सारी तकलीफो से खुद को बाहर निकलेगा, जीवन को गंभीरता से लेगा पर, अभी इस अवस्था से पलायन ही ठीक होगा। वह सोचता है थोड़ा ही मदिरापान करेगा जिससे इस भय से बाहर निकल पाए, परन्तु एक घूट पीते ही स्वयं को हारा हुआ पाता है, और उस हार के दुख से पलायन करने के लिए वह और पीता है। यहाँ उन तीनो उपहारो के बारे मे विचार करो मुरली, पहला सबसे बड़ा उपहार तुम स्वयं को क्या दे सकते हो? स्मरण रहे, यह उपहार तुम औरों को तब दे पाओगे जब पहले यह उपहार तुम स्वयं को दोगे।

"प्रथम उपहार:समय - जैसा कथा मे कहा गया, समय सबसे मूल्यवान होता है, अपनी समस्याओ मे से निकलने के लिए अपने आप को समय दो। चलो एक उदाहरण से समझते है।"

गुरु शिवानंद अपने आसन से उठ कर जलधारा की ओर चलने लगे। संत मुरली भी उनके पीछे जाने लगे। पर गुरु शिवानंद ने मुरली को रुकने को कहा।

"मुरली वह माटी का ढेर देख रहे हो?" संत मुरली ने अपने पीछे पलट कर देखा, जहाँ जलधारा के समीप एक ढेर मिट्टी का रखा था। "जाओ उस मिट्टी से धारा पर बांध बनाना शुरू करो। विचार न करो जाओ मुरली।" गुरूजी की आज्ञा का पालन करते हुए मुरली अपने दोनों हाथो मे मिट्टी उठा कर पतली सी धारा को रोकने चल पड़े। उन्हें निष्कर्ष अच्छे से ज्ञात था, पर गुरूजी की आज्ञा का पालन करना भी आवश्यक था।

धारा मे मिट्टी रख कर अपने हाथो से मुरली मिट्टी कों ज़माने लगे। जैसे ही वह एक ओर मिट्टी कों जमाते, मिट्टी दूसरी ओर से जल के प्रवाह मे बह जाती। बहुत प्रयास करने के पश्चात भी संत मुरली असफल रहे।

"मुरली, तुम अब भी वही करने का प्रयास कर रहे हो जो न तो सरल है, और न ही समझदारी। यदि तुम प्रवाह को एक ही बार मे रोक देना चाहते हो तो वह सामने जो चट्टान दिख रही है, उसे उठा कर ले आओ। पर हमे यह ज्ञान है न के वह संभव नहीं? इतनी शक्ति न तुम मे है और न मुझमें। विचारों के साथ भी यही समस्या है। इसलिए जलधारा का बांध हो या विचारो का, सर्वप्रथम तुम्हे उस बहाव की दिशा बदलनी होंगी, उसमे धैर्य रखना आवश्यक है। जाओ जहाँ तुम्हे बांध बनाना है उसके समीप एक और धारा बनाओ। इस प्रक्रिया मे समय की भूमिका सबसे बड़ी है, तुम्हे स्वयं को समय का उपहार देना ही होगा।"

संत मुरली ने निकट ही पड़ी एक पेड़ की टूटी शाखा उठायी और उससे जलधारा के समीप एक और धारा खोदना शुरू की। जैसे ही संत मुरली ने अपनी बनायीं धारा को बहती जलधारा से जोड़ा, उन्होंने पाया के जलधारा का वेग धीमा हो गया है।

गुरु शिवानंद ने मुस्कुराते हुए मुरली को अपने हाथो से पानी पिलाया और पूछा। "बताओ मुरली, क्या समझें?"

"गुरूजी, मुझे यह समझ आया के यदि विचारों के प्रवाह को एक नयी दिशा दी जाये, तो विचारों के वेग को कम किया जा सकता है।"

"उत्तम, मदिरापान करने वाला व्यक्ति, अपने विचारों को रोकने के लिए एक चट्टान उठा कर बांध नहीं बना सकता, इसलिए वह मदिरा की सहायता से वह बांध बनाता है। वह चाहता है के वह भी सामान्य जीवन जी सके, परन्तु उसके मन मे विचारो की मात्रा उसे ऐसा नहीं करने देती। वह उचित ढंग से अपने मन को संभालने के बजाए मदिरा का सहारा ले कर सब कुछ भूल जाता है, कुछ समय के लिए अतियंत प्रसन्न हो जाता है। यह रासायनिक प्रसन्नता हर बार थोड़ी कम लगती है, और व्यक्ति मात्रा बढ़ाता जाता है। उससे उसकी मानसिक व शारीरिक

स्तिथि बिगड़ती जाती है, जिससे उसे हर वक़्त मदिरा की मात्रा बढ़ानी पड़ती है और इस तरह वह बुरी से बुरी स्थिति मे स्वयं को धकेलता जाता है।

पर गौर करो मुरली, हम वही काम उचित एवं बेहतर ढंग से कर रहे है जो की हमारे मानसिक व शारीरिक सेहत के लिए लाभदायक है। हम स्वयं को समय का उपहार देते हुए थोड़ा श्रम अपनी समस्या को देते है। किन्तु अब भी धारा का प्रवाह रुका नहीं है, केवल कम हुआ है। इससे लड़ना पहले से थोड़ा ही सही पर सरल होगा। जाओ अपना बाँध पूरा करो मुरली। और समझो के वो धारा जो तुमने बनायी है, वह किसका प्रतिक है। विचारो से व्याकुल व्यक्ति विचारो की नयी धारा बनाने मे असमर्थ होता है, परन्तु, यदि वह स्वयं कों समय का उपहार दे तो धैर्य के साथ वह भी एक नई धारा का निर्माण कर सकता है।

मित्रता, प्रेम, कला और भ्रमण यह कुछ ऐसी वस्तुएँ है जो उस धारा को खोदने के लिए पेड की उस शाखा का काम करती है। तुम संत हो, तुम्हारे लिए वह काम मंत्र जाप करेंगे। ध्यान के समय जब भी भूत या भविष्य के विचारों के वेग बढे तो जाप करने से एक नयी धारा बनती है जिस पर बहने वाले विचार व्याकुल नहीं करते, और न ही चिंतन पर मजबूर करते है। ।"

संत मुरली अपने गुरु की बात गौर से सुनते हुए धारा मे अपने बांध कों पूरा करने मे लग गए। उन्होंने फिर मिट्टी जमाना शुरू की। धारा का वेग कम था परन्तु मिट्टी अभी भी पानी मे बह रही थी।

"दूसरा उपहार: सम्मान- समस्याये कोई नहीं चाहता के उनके जीवन मे हो। पर वह फिर भी सभी को होती हैं। सभी जीव समस्याओं को मिटा देना चाहते हैं। वह इस भ्रम मे अपना जीवन बिता देते हैं के समस्या उनसे छोटी हैं, वह जब चाहेंगे उसे मिटा देंगे। पर समस्याओं की शक्ति को गंभीरता से नहीं लेना मूर्ख की निशानी हैं। मुरली तुमको क्या लगता हैं? धारा का वेग इतना कम कर कर तुमने उस पर विजय प्राप्त कर ली?" यह कह कर गुरु शिवानंद हसने लगे।

"सम्मान करो अपनी समस्या का और जितना श्रम वह मांग रही है उतना श्रम उसे दो। अपने मन मे इस छोटी से विजय का अहंकार न आने

दो मुरली। वह मदिरा पिने वाला व्यक्ति भी इसी भ्रान्ति मे खो जाता है जब वह कुछ दिन मदिरा का सेवन नहीं करता। उसके मन मे उसकी विजय का अहंकार आ जाता है। वह अपनी समस्याओं को भूल जाता है जिनके होने से वह मदिरा पिता है। वह अपनी समस्याओं का सम्मान करना बंद कर देता है। पर विचारों का वेग अब भी तुम्हारे बांध को बनने से रोकने के लिए पर्याप्त है। तुमने जाप कर कर और उस शराबी ने अपने मित्र, परिवार, या अपनी कला को समय दे कर, बहाव की दिशा मे छोटा सा परिवर्तन बना कर उसके वेग को थोड़ा कम अवश्य किया। परन्तु विचार अब भी है, वेग अब भी है।

अब उस बहाव को पहले पूरी तरह तुम्हारे नये बनाए हुए रास्ते पर मोड़ दो। धीरे-धीरे निकट पड़े पत्थरो को उपयोग मे लो मुरली।"

संत मुरली जलधारा मे ही बिखरे छोटे-छोटे पत्थरो को बांध के आकार मे जमाने लगे। जलधारा का प्रवाह धीरे-धीरे उनके हाथों बने नए मोड़ की ओर हो गया। पत्थरो को जमाते हुए संत मुरली के मन मे एक प्रश्न उठा। "गुरूजी, मैं अपने जाप से अपने विचारों को नियंत्रण मे ला सकता हूँ, परन्तु वह शराबी यह कैसे कर सकता है?"

"सर्वप्रथम, उसे अपने मन में आने वाले उन बाकि विचारो से लड़ने की शक्ति जुटानी होगी। जिस तरह तुम उन बहते विचारो में से ही छोटे-छोटे पत्थरो को चुन कर धीरे-धीरे जमा रहे हो, वह भी अपने मन में ही छुपे सहारा देने वाले विचारो को एकत्र कर सकता है। वह अब उन सभी लोगो से एक-एक कर मिल सकता है और अपने मन पर लगे पुराने घावों को भर सकता है। व्यक्ति अपने मन पर आघात अपने कर्मो से ही करता है। और उन कर्मो का पश्याताप किये बिना वह मन ही मन उनसे जूझता रहता है। वह अपने मन के अहंकार के कारण अपने कर्मो के फलो का सामना करने से बचता है और इसी से पलायन करने का कोई न कोई तरीका खोज लेता है। जीवन में मिले दुःख, निराशाएं, विश्वासघात, या कोई भी वह भाव जो व्यक्ति दोबारा अनुभव नहीं करना चाहता, वह उससे बचता है। परन्तु हर एक बुरा अनुभव हमारे कर्मो व अपेक्षाओं का ही परिणाम होता है। वह शराबी तुम्हारी तरह ही अपने विचारो के बहाव मे यदि खोजेगा तो उसे वह सारे छोटे-छोटे दुःख मिल जायेंगे। और यही

बुरे अनुभव ही तो उसके मदिरापान का कारण है। जब उसे वह दुःख घेरे हुए थे, उसने वहां से पलायन करने का निर्णय लिया और वह अनुभव उसकी चेतना में एक भय बन कर रह गए। बुरे अनुभव हर व्यक्ति के जीवन में किसी न किसी मोड़ पर आने ही होते हैं। पर व्यक्ति की उस परिस्थिति के प्रति प्रतिक्रिया बहुत महत्वपूर्ण होती है। यदि पलायन के विपरीत व्यक्ति उस परिस्थिति में अपने मन को शांत रखते हुए अपने कर्मों से उत्पन्न उस परिस्थिति का परिणाम भोगे तो वह दुःख वहीं रह जाता है। भविष्य में उसके साथ नहीं चलता।"

"इसका मतलब यदि वह व्यक्ति समय रहते उन सभी परिस्थितियों में लौट कर उन्हें फिर से जी ले, तो वह अपने ही मन मे बैठे भय से मुक्त हो जायेगा ?"

"हाँ मुरली, तुम ऐसा कह सकते हो। कल्पना करो जैसा की तीसरी कथा मे मैंने कहा, वह नन्हा कुम्हार प्रतिदिन अपने पिता से डाँट सुनता था। यदि उसकी माँ उसे शांत रह कर प्रयास करने का सुझाव न देती तो वह क्रोध का शिकार हो जाता। क्रोध मे कोई व्यक्ति कभी कोई सही काम कर ले यह बड़ा दुर्लभ है। यदि उस शराबी को उसके मित्र द्वारा विश्वासघात मिला, वह उस मित्र को छोड़ कर उससे दूर चला गया। या उससे लड़ कर उससे दूर चला गया। दोनों ही अवस्थाओं में शराबी अपने भविष्य में अपने साथ एक भय ले कर चला है। वह दुःख उसे जीवन भर याद रहेगा और उसके पीने का कारण बनेगा। वह व्यक्ति पुनः अपने उसी मित्र से यदि बात कर ले, मन में बिना कोई अपेक्षा लिए। और शांत चित्त से जो भी उसके कर्मों ने उसे दिया उसे स्वीकार कर ले, तो वह दुःख वहीं रुक जायेगा।

संत मुरली ने अपने बांध को पत्थर जमा कर लगभग पूरा कर लिया। उन्होंने पाया के उनके हाथो बनी नई जलधारा में पानी का वेग बहुत अधिक है। "गुरूजी, हमने जो नई दिशा हमारे विचारो को दी है, उससे अब उस दिशा में प्रवाह बहुत बढ़ गया।" संत मुरली ने अपने गुरु से कहा। "यह विचारो का संचालन बहुत कठिन कार्य है।"

यह सुनकर गुरू शिवानंद हंसने लगे। वह जलधारा के समीप बैठ कर अपने शिष्य की प्रगति को देख रहे थे। "देखो मुरली, हमारे मस्तिष्क का प्रथम कार्य ही हमें विचार प्रदान करना है। वह सदैव हमारे भीतर विचारो की प्रचुरता बनाए रखता है। यदि तुम चाहोगे के विचार आना ही रुक जाए, तो ऐसा कभी नहीं होगा। तुम्हे चुनाव करना होगा के किन विचारो पर तुम आगे चिंतन करना चाहते हो और किन पर नहीं। यह बांध हमने इसीलिए बनाया है। अब तुम मिट्टी ले कर आओ। पत्थरो के बीच से जो जल रिस रहा है, उसे मिट्टी से रोक दो। गुरू की आज्ञा का पालन करते हुए संत मुरली ने अपने बांध को मिट्टी लगा कर पक्का करना शुरू किया।

"देखो मुरली, अब एक और समस्या उत्पन्न हुई। क्या तुम बता सकते हो के वह क्या है?" गुरू शिवानंद ने संत मुरली से पूछा। थोड़ा विचार करने के बाद मुरली को ज्ञात हुआ। "जी गुरूजी, हमने जो परिवर्तन जलधारा को दिया था, अब सारा बहाव वहीं से है।"

"सही कहा, तुमने जाप किया और शराबी ने अपना मन भटकाया। पर तुम जाप में उलझ गए और शराबी अपने भटकाव में उलझ गया। दोनों के विचारो का प्रवाह पूर्णतः परिवर्तित हो गया। किसी और दिशा में वह विचार इतने आत्मघाती नहीं हैं। परन्तु हमें हमारे लक्ष्य को नहीं भूलना है। तुम अपने जाप चलने दो, शराबी अपनी पसंद के काम करता रहे। परन्तु स्मरण रहे के इस बांध को बनाने का उद्देश्य क्या है ?"
धारा का सामान्य बहाव मुरली के बांध के पूरा होते ही पूरी तरह रुक गया।

"देखो मुरली, यह तुम्हारी बनाई धारा तुम्हारे बुरे विचारो को नहीं ले जाती। बुरे विचार बांध पर रुके है।"

"जी गुरूजी।"

"उन विचारों को वहीं रहने दो और थोड़े-थोड़े काम के विचारो को आगे निकलने दो।"

"वह कैसे गुरूजी ?"

"आसान है मुरली। अपना जाप बंद करो। उस नई धारा मे कुछ पत्थर डालो और देखो तुम्हारे बांध के ऊपर से थोड़ा जल बहने लगेगा। मतलब

जैसे ही तुम जाप बंद करोगे विचार सामान्य दिशा में धीमे वेग से बहने लगेंगे। वह विचार अच्छे ही होंगे। पर जैसे ही तुम्हारे विचार फिर तुम्हे परेशान करे, तुम नई धारा में से वह पत्थर निकाल देना, मतलब जाप पुनः शुरू कर देना। धीरे-धीरे तुम इस तकनीक में माहिर हो जाओगे और अपने विचारो से कभी परेशान नहीं होंगे।

5

समय: विश्व

"गुरूजी आप ने कहा के यह उपहार विश्व की समस्याएं हल कर सकते है। इससे आपका क्या तात्पर्य है ? समय का उपहार कौन किसे देगा और इससे विश्व की कौनसी समस्या हल होगी ?"

गुरु शिवानंद ने संत मुरली को पुनः उनके आसन पर भेजा और स्वयं अपने आसन पर बैठ गए।

"मुरली तुम ही बताओ विश्व में सब्से ज्यादा समय की आवश्यकता किसे है? हम स्वयं को सँभालने का समय तो देंगे ही, और हमारे परिजनो को भी यह भेंट देंगे परन्तु विश्व मे कौन है जिसे हमारे समय की आवश्यकता सबसे अधिक होती है ?"

संत मुरली सोचने लगे पर उनके मन में जो उत्तर था वह उन्हें ही सही नहीं लग रहा था तो वह चुप रहे। गुरु शिवानंद ने मुस्कुराते हुए उत्तर दिया।

"इस संसार में जो भी अस्तित्व मे है, उन सभी को समय की भेट चाहिए। और इस समय की मांग हर कोई हम मनुष्यो से धैर्य के रूप में करता है। चलो थोड़ा भ्रमण करते है।" दोनो गुरु और चेले जलधारा के बहाव की दिशा में चलने लगे। चलने से पहले गुरु शिवानंद ने संत मुरली से थोड़ा पानी पी लेने को कहा।

"हमारा भ्रमण काफी लम्बा होगा, थोड़ा पानी पी लो मुरली और आगे के लिए एक कमंडल भर लो।" संत मुरली ने बिना प्रश्न किए आज्ञा का

पालन किया।

धारा के साथ चलते-चलते वें एक गाँव तक पहुंचे। गांव मे जा कर उन्होंने लोगों से भिक्षा मांगना शुरू की। गाँव में एक बड़ा घर देख कर गुरु शिवानंद ने संत मुरली को जा कर वहां भिक्षा मांगने का आदेश दिया। संत मुरली ने घर के द्वार पर जा कर आवाज़ दी : "भिक्षाम देहि" परन्तु उस घर मे से कोई बहार नहीं आया। संत मुरली प्रयास करते रहे पर उनकी आवाज़ किसी ने न सुनी। कुछ समय पश्च्यात, एक महिला ने बहार आकर उन्हें आगे चले जाने का इशारा किया। उदास मन से संत मुरली अपने गुरु के पास लौटे।

"जहाँ धन ज्यादा होता है मुरली, वहाँ समय का मोल भी बढ़ जाता है। अब उस छोटी कुटिया में जाओ।" गुरू शिवानंद ने संत मुरली को एक छोटी कुटिया की ओर इशारा करते हुए कहा। संत मुरली अपनी झोली लिए कुटिया तक पहुंचे। उस कुटिया के निकट पहुंचते ही उन्होंने देखा के एक पुरुष अपने हाथों में भोजन लिए खड़ा है। यह देख संत मुरली को बहुत ख़ुशी हुई। उस पुरुष को आशीर्वाद दे कर संत मुरली अपने गुरु के पास पहुंचे।

धनवान व्यक्ति अपने एक-एक क्षण का मोल धन से करता है। और जो विलासिताएं उसने इकठ्ठा की है, उन्हें भोगने के लिए वह अपना सारा समय स्वयं तक ही रखता है। तुम्हे भिक्षा देने के लिए उसके पास बहुत कुछ है, भोजन है जो वह अगली सुबह कूड़े में फेकेगा, परन्तु तुम्हे देने के लिए उसके पास वह कुछ क्षण नहीं थे। उस गरीब की कुटिया मे भिक्षा भले ही ज्यादा न हो, किन्तु यदि जाओ, तो आराम से बैठ कर बातें करो, भोजन नहीं हो तो पानी ही सही पर कुछ अवश्य ले कर जाओ। वें तुम्हे परिजन की तरह मिलेंगे भले ही पहली बार मिले हो।

साथ बैठ कर भोजन करने के पश्च्यात वें अपने भ्रमण पर निकल गए। जलधारा के किनारे चलते हुए उन्होंने देखा के जलधारा अब काफी बड़ी और धीमी हो गयी है। उसका रंग अब अधिक भूरा हो गया है। जलधारा के समीप बड़े-बड़े खेत थे। उन खेतो की ओर इशारा कर कर गुरु शिवानंद ने संत मुरली से कहा "स्मरण है तुम्हे? यहाँ इन खेतो की जगह पर बड़े-बड़े फलो के वृक्ष हुआ करते थे। "

"जी गुरूजी।"

"तो बताओ वैं वृक्ष अब कहा है?"

कई कोस चलने और गहन विचार करने के बाद संत मुरली ने पूछे गए प्रश्न का उत्तर दिया। "समय के उपहार और धैर्य के बारे मे विचार कर कर मुझे लगता है के उन वृक्षों को काट दिया गया। क्योंकि वृक्ष साल में एक बार थोड़े ही फल देता है। और गेहूँ उसी धरती पर बहुत ज्यादा फसल देता है।"

"हाँ मुरली, वह वृक्ष चाहते थे के हम धैर्य रखे, वह वृक्ष इस धरती के लिए और इस जलधारा के लिए बहुत महत्वपूर्ण थे। देखो उन वृक्षों के बिना मिट्टी धीरे-धीरे जलधारा मे मिल रही है। और जलधारा धीरे-धीरे और बड़ी होती जा रही है। कुछ और समय बीतने के बाद यह धारा इतनी चौड़ी हो जाएगी के बहना बंद कर देगी। फिर यहाँ से आगे किसी को पानी नहीं मिलेगा। चलो आगे चले।"

आगे एक शहर के पास जलधारा में एक और जलधारा आकर मिली। उस जलधारा का रंग काला था और उसमे से एक तेज़ दुर्गन्ध आ रही थी।

"यह और ज्यादा धनवान जगह पर बहने वाली जलधारा है, देखो इसका हाल। बताओ ऐसा क्यों है मुरली?"

संत मुरली को इस प्रशन का उत्तर भली-भाँती पता था। वें सन्यास लेने से पहले एक महानगर में ही निवास करते थे।

"गुरूजी, शहर वासी अपने घरो, दुकानों, और कारखानों का गन्दा पानी इस जलधारा में बहाते है। इसमे अनेको रसायन विषैले है। यह पानी इस नदी पर निर्भर रहने वाले हर जीव की मृत्यु का कारण बनेगा।" मुरली को प्रकृति की ऐसी बुरी दशा देख कर बहुत दुःख हुआ। उन्हैं अब यह ज्ञात हो गया था के उनके गुरु उन्हें क्या समझाना चाहते थे। धैर्य मनुष्य जाती से धीरे-धीरे समाप्त हो रहा है जिसके कारण वें स्वयं का ही विनाश कर रहें है।

"यह दोनो नदियां और प्रदूषित होंगी और आगे चल कर माँ गंगा मे मिल जाएँगी।" गुरू शिवानंद की यह बात सुन कर संत मुरली को और दुःख हुआ। जिस नदी को सभी माँ कह कर बुलाते हैं और जिसकी पूजा करते हैं उसी नदी को जहर दे कर धीरे-धीरे मार रहें है।

"इसे रोका क्यों नहीं जाता गुरूजी?" संत मुरली ने व्याकुलता के साथ पुछा।

"उत्तर बहुत सरल है मुरली। आधुनिक मनुष्य अपना बहुमूल्य समय और धन यहाँ व्यर्थ नहीं करना चाहता।"

"गुरूजी यह व्यर्थ नहीं है। हम पूजते है हमारी नदियों को।"

"तुम्हारी व्याकुलता मैं समझता हूँ मुरली परन्तु पूजा केवल दीप जलाकर या धूप दे कर नहीं होती। पूजा सम्मान से शुरू होती है। यह धूप-दीप मनुष्य अपनी मनोकामनाओं के लिए करता है। उसका विश्वास है के ऐसा करने से गंगा माँ उससे प्रसन्न हो कर उसकी मनोकामना पूर्ण करेंगी। वह गंगा माँ के जल में स्नान करता है, धूप-दीप लगाता है, पूजा-अर्चना करता है, फिर किनारे पर अपने होटल के कमरे मे जा कर भोजन करता है, और सुबह शौच कर कर अपनी गन्दगी को उसी गंगा माँ के पानी में बहा देता है। वह सम्मान केवल तब ही करता है जब समक्ष खड़ा हो। इतनी बात को समझने में असमर्थ नहीं है मनुष्य, वह केवल अहंकारी है अपनी बुद्धिमत्ता पर। ऐसे ही अनेको उदाहरण है संसार में जहाँ मनुष्य अपने धन व समय को संजोहने के लिए पर्यावरण एवं एक दूसरे को असीमित पीड़ा पहुंचाता हैं। केवल थोड़ा धैर्य संसार की सुंदरता

को बढ़ा सकता है। परन्तु मनुष्य किसी को समय अथवा सम्मान का उपहार देना नहीं चाहता। क्रोध, सुख, या दुःख, किसी भी अनुभव मे सबसे आवश्यक है मन मे धैर्य होना।

6

सम्मान: विश्व

"जिस तरह मनुष्य स्वयं के सिवा किसी को भी समय की भेंट नहीं देता, उसी तरह वह सम्मान की भेंट भी किसी को नहीं देता। वह चाहता है के वह अकेला ही उसे भोग ले। यह लालसा उसे किसी का भी सम्मान करने मे असमर्थ बना देती है। व्यक्ति, वस्तु या परिस्थिति, इन सभी का सम्मान करना हमारे लिए अत्यंत आवश्यक है। यह भाव हमारे मन को निर्मल बनाए रखता है। परन्तु ऐसा न होने के कारण संसार कठोर मन के शक्तिशाली मनुष्यों से भर गया है। वे केवल आर्थिक या राजनैतिक लाभ के लिए सम्मान भाव दिखाते है। और यह ढोंग हमें हर दिशा मे दीखाई पड़ता है। जैसे ये हमारी गंगा माँ। इन्हे माँ का दर्जा क्यों दिया गया होगा मुरली?"

गुरु और चेला अब चलते-चलते ढलती शाम के साथ माँ गंगा के किनारे पहुंचे। वहाँ बैठ कर गुरु शिवानंद ने मुरली से अपने कमंडल में गंगाजल भर लाने को कहा। संत मुरली अपने गुरू की इस आज्ञा का पालन करने मे हिचकने लगे। उन्होंने जिस तरह शहरों के गंदे नाले, मृत शरीर, और कूड़ा गंगा माँ के पवित्र जल मे बहता हुआ देखा, उन्हें भय था के इस जल को पी कर वे रोगी हो जायेंगे।

"गुरूजी, किसी अनुष्ठान के लिए गंगाजल की आवश्यकता हो तो उचित है, परन्तु पीने के लिए जल मै किसी घर से मांग लता हूँ।"
मुरली की बात ने गुरु शिवानंद को फिर हँसा दिया।
"मुरली, अनुष्ठान के लिए भी गंगाजल क्यों बहतर होता है, बताओ।"
मुरली, जिनके आस्तिक विचार अब भी पूरी तरह बदले नहीं थे वह अपने गुरू की हसीं का कारण नहीं समझ पाए।
"मुरली, अनुष्ठानों मे जल का केवल साफ़ होना ही पर्याप्त नहीं होता, उस जल में जीवन दायी तत्वों की उपस्थिति आवश्यक है। कुछ समय पहले तक गंगाजल में रोगो को ठीक कर देने की शक्ति थी।"

"गुरु जी मेरे अनुसार इसीलिए गंगा को माँ का दर्जा दिया गया होगा। क्योंकि वह पोषण करती है और हमारे रोगो को मिटाती है।"
"ठीक कहा मुरली, परन्तु तुम्हे क्या लगता है, इतनी सी बात समझने के लिए मनुष्य जैसे बुद्धिमान जीव को एक नदी को अपनी माँ कहना होगा? मनुष्य इतना बुद्धिमान है, के वह जानता है के पोषण करने वाला हाथ माँ के हाथ के समान ही है। परन्तु उसे ये क्यों कहा गया के गंगा माँ की पूजा करो जब के वह घर पर अपनी माँ का अनादर करता है?"
मुरली ने हाथ जोड़ कर सर झुकाया जिससे उनके गुरू जान गए के मुरली

के पास उत्तर नहीं है।

"ऐसा इसलिए है, मुरली, क्योंकि पूजा का पहला चरण सम्मान होता है। यदि रोज पूजा करते हुए मनुष्य इस बात को याद रखता, तो गंगा माँ की यह दशा कभी न होने देता यदि वह सम्मान करता। परन्तु सम्मान का महत्व मनुष्य भूल चला है। अपने घरों में कई अनुष्ठानों में वह किताबें, कलम, धन, अथवा उपयोग में आने वाली हर वस्तु की पूजा करता है, पर उसे पता नहीं क्यों। वह मानता है कि पुस्तक की पूजा करके माँ सरस्वती प्रसन्न होंगी और उस पर ज्ञान की वर्षा हो जाएगी। पर उसी किताब को वह फिर घर में रखकर कहीं भूल जाता है। कहता है कि धन की पूजा कर कर माँ लक्ष्मी प्रसन्न होंगी और उस पर धन की वर्षा हो जाएगी। और जीवन भर उस धन को वह खर्च करने से बचता है। खूब संपत्ति बटोर कर उसको भोगे बिना ही स्वर्ग सिधार जाता है। किसी भी वस्तु का सम्मान उसका उचित उपयोग करके ही किया जा सकता है। जैसे यह पावन नदी। क्या कथाओं के अनुसार इस नदी को भोलेनाथ ने हमारी गंदगी बहाने के लिए स्वर्ग से अपने मस्तक पर उतारा था? नहीं न? इतना अज्ञानी नहीं है मनुष्य, वह केवल सम्मान करना भूल चुका है।

वह ढोंग और पाखंड मे उलझ कर रह गया है। अपने धर्म का सम्मान व्यक्ति कैसे करेगा मुरली? तुम्हारा धर्म क्या है? तुम क्यों इतनी दूर मुझसे मिलने आए हो? क्यों तुम मेरे साथ सत्संग करना चाहते हो?"

"गुरूजी मैं एक संत हूँ और ज्ञान मेरा धर्म है। मैंने स्वयं के लिए सत्य का रास्ता चुना है। वह कितना भी कठोर क्यों न हो। आपके दर्शन सुन कर मुझे सत्य समझने में सहायता मिलती है। आपके दशकों के अनुभव मेरे लिए सबसे अव्वल शिक्षा है। आपका आभारी मैं जीवन भर रहूँगा यही प्रमाण है के मैं आपका सम्मान करता हूँ गुरूजी।"

गुरु शिवानंद ने अपनी आंखे बंद कर ली। उन्हें यकीन हुआ के मुरली सम्मान का महत्व जान चुके है।

"देखो आज संसार मे लोग अपने धर्मो का भी सम्मान करना छोड़ रहें है। तुम संत हो, तुम्हारे धर्म का सम्मान करने के लिए तुम स्वयं से वरिष्ठ संत के पास शिक्षा लेने आए हो क्योंकि ज्ञान प्राप्त करना ही

तुम्हारा धर्म है। संसार मे वैद्य जिनका धर्म लोगो को रोगो से मुक्त करना है। वें लोगों को और रोगी बनाने में लगे है। उन्हें उससे अधिक धन प्राप्त होता है। राजनेता समाज के हित के लिए चुने जाते है। पर वें भी अपना धर्म भुला कर समाज को अपंग कर रहें हैं। शिक्षक का धर्म बच्चो को शिक्षा देना है, परन्तु आज वें केवल उन्हें अगली कक्षा मे उत्तीर्ण करा देते हैं। यह लोग सबसे ज्यादा पूजा-पाठ करते हैं।

किसी के भी मन मे अपने धर्म के प्रति सम्मान नहीं है। सभी उससे बचते है। जो सम्मान करता है, सच्चा धार्मिक होता है, उसे ढोंगी समाज जीने नहीं देता। आज माताएं मातृत्व का धर्म नहीं निभा पा रहीं, पिता पुत्र से दो बात नहीं कर पाते। मित्र मित्रता नहीं निभा पाते, प्रेमी प्रेम नहीं निभा पाते। यदि सम्मान का मोल सभी समझ पाते तो अपने सारे धर्म वो निभा पाते।"

"मानव जाति का धर्म ही ज्ञान प्राप्ति है। आप संत हैं या नहीं, उससे कोई अंतर नहीं आता इस बात में। हमारी बुद्धि, हमारा ज्ञान, हमारी जटिल भावनाएं, और कर्म के सिद्धांत की समझ ही हमें मनुष्य बनाती है। परंतु, इतना जटिल और विशाल समाज होने के कारण मनुष्य अपने धर्म को अधिक विशिष्टीकरणों में बाँट लेते हैं जिससे समाज की व्यवस्था बनी रहे। सभी सन्यासी हो गए तो मनुष्य जाति विलुप्त जाएगी। धर्म ज्ञान की प्राप्ति है, इसे हम माँ की गर्भ में ही आरम्भ कर देते हैं। कुछ ध्वनियों को सीखते हैं, मुस्कुराते हैं, रोते हैं, थकते हैं, और सोते भी हैं, यह सब हम जन्म लेने के पहले ही सीख चुके होते हैं। जन्म लेकर बोलना, चलना, खाना, खेलना, और प्रकृति के बारे में सीखना शुरू करते हैं। कोई और जीव हम जैसी जटिल भाषाएँ नहीं सीखता, चलना किसी और जीव को सीखना नहीं होता। कोई और जीव क्या और कैसे खाना यह नहीं सीखता। और किसी भी जीव के खेलों में नियम नहीं होते। केवल हम हैं जिनका धर्म केवल सीखना होता है, जन्म से मृत्यु तक।"

"गुरूजी, धर्म के वे विशिष्टीकरण कौनसे हैं?"

"देखो मुरली, एक उम्र तक हम सभी एक सी चीज़े ही सीखते है, जो अच्छे से अपने इस शिष्य धर्म का पालन करता है, वह आगे चल कर सफल होता है। जो अपने उस धर्म से भटकता है, वह जीवन में भटक

जाता है। आगे चल कर जीवन में जैसे तुमने सन्यास चुना, लोग बहुत सारी चीज़ो को अपना धर्म बनाते है। जैसे किसी वैद्य का धर्म समाज सेवा बन जाता है। वह व्यक्ति चिकित्सा में विशेषज्ञता प्राप्त करता कई सालो की कठोर तपस्या के बाद उसे यह सिद्धि प्राप्त होती के वह लोगो की पीड़ा हर सके। वैसे ही शिक्षक, सैनिक, किसान, इत्यादि आपने अपने विशेष धर्मो में कड़ी तपस्या करते है, ताकि सिद्ध हो कर अपने धर्म के अनुसार कर्म भी कर सके।

इस परिभाषा से हर व्यक्ति जन्मजात धार्मिक होता है। वह अपने परम धर्म 'ज्ञान' का पीछा कभी नहीं छोड़ता। पर जैसे ही उसके मन में लालसा प्रकट होती है, किसी भी तरह का लोभ मन में आता है, उसका धर्म भ्रष्ट हो जाता है।

यदि वैद्य चिकित्सा लोगो को रोग मुक्त करने के लिए न कर के धन कमाने के लिए करे तो वह व्यक्ति धार्मिक नहीं रहा। उसने अपने धर्म का सम्मान छोड़ दिया। और अपनी तपस्या का सम्मान भी वह भूल गया। वैसे ही नेता यदि केवल समाज में अपने भय को बढ़ाने के बारे में सोचे तो वह भ्रष्ट है। सैनिक यदि राज्य के विरुद्ध खड़ा हो जाये तो भ्रष्ट है, शिक्षक यदि शिक्षा को भूल केवल परिणाम पत्र के बारे में सोचे तो भ्रष्ट है, अधर्मी है।

वह माता-पिता जो अपने पुत्र-पुत्री की शिक्षा से अधिक केवल उसके अगली कक्षा में जाने की चिंता करे, अधर्मी है।

तुम्हारे प्रश्न का उत्तर ही है यह मुरली। यदि मनुष्य का अपने परम धर्म और विशिष्ठ धर्म के प्रति सम्मान पूर्ण हो गया। तो इस संसार की सारी समस्याएं विलुप्त हो जाएगी।

7

समर्थन: विश्व

"ऐसे विश्व में जहाँ किसी के पास बाँटने को न समय है, न सम्मान, एक सत्य के मार्ग पर चलने वाला व्यक्ति स्वयं को बहुत अकेला और असहाय पाता है। सही क्या है, यह जानने वाला अधिकतम मौन रहता है। उसे भय होता है कि यह समाज उससे नफरत करेगा। जहाँ सम्मान के भेष में भय रहता है और धर्म से पहले धन आता है, वहाँ वह अकेला व्यक्ति अपना जीवन अंधकार में बिताना उचित है। वह समाज से दूर रहता है। कुछ गिने-चुने लोग जो उसे समझते हैं, उन्हीं से बोलता है। और इसकी वजह केवल यह है कि उसे, उसकी बातों को, और उसके विचारों को किसी का समर्थन नहीं मिलता। वह सूर्य सा तेज रखता है, पर चमकने से डरता है। तुम तो साधु हो मुरली, ये संसार तुम्हारा घर और परिवार है। सोचो, तुम पर यदि एक परिवार में चार लोगों का उत्तरदायित्व होता, तो तुम कैसे जीते?"

संत मुरली विचार करने लगे। उन्हें इस विषय पर थोड़ा अनुभव था। वे कुँवारे थे जब उनके बड़े भाई की शादी हुई थी। भाई और भाभी के बीच होने वाली नोक-झोंक, सास-बहू के बड़े झगड़े कुछ साल देखने के बाद वे समाज की वृत्ति को समझ नहीं पाए और सत्य की खोज में निकल गए। "गुरूजी, मैं जीवित होता पर जी नहीं रहा होता।"

"बस यही दशा हर आधुनिक मनुष्य की है। जो ढोंग, फरेब, और झूठ भरा जीवन जीते हैं, वे मौज में जीवन जीते हैं और जिन्हें थोड़ा भी सत्य

पता है, वे दुखी हैं। यह संसार अब वैसा नहीं रहा जैसा हम पुराणों में पढ़ते हैं। यह कपट का विश्व है।"

"तो गुरूजी इसका क्या उपाय?" मुरली ने अपने गुरू को थोड़ा समय दे कर कहा। मुरली जानते थे कि उनके गुरू इस सत्य पर प्रकाश डाल कर भावुक हो जाते हैं।

"समर्थन, यहाँ यह उपहार बड़ा जटिल रूप ले लेता है। स्मरण है? कथा में मैंने कहा था कि समर्थन दो ढंग से किया जाता है। दोनों ही शैली भाव सकारात्मक रखती है, केवल एक विनम्र होती है और एक आक्रामक। दोनों उपयोगी होती है, निर्भर करता है किसे समर्थन दिया जा रहा है। परन्तु विश्व स्तर पर समर्थन किसका हो रहा है वह महत्वपूर्ण होता है। देखें तो सत्य के मार्ग पर चलने वाले स्वयं ही भयभीत होते हैं। और वे अपने ही सहयोगियों का समर्थन नहीं करते। बाधा समय और सम्मान से भी पैदा होती है। या तो वे इतने हारे हुए होते हैं कि और समय देना नहीं चाहते या स्वयं से आगे उस मार्ग पर किसी को पा कर इर्षा करते हैं। पर कपटी लोग, कपट के प्रचार में बहुत शक्ति के साथ लग जाते हैं। क्योंकि अब संसार में असत्य के रस्ते चलने वालों की संख्या प्रचुर है। वे लोग बहुत अच्छा समर्थन करते हैं, झूट, कपट, और छल का। इसीलिए वे सफल भी हैं अपने लक्ष्य को प्राप्त करने में। संसार में घृणा, लालसा, और हिंसा बढ़ाने में।"

मुरली अपने गुरू के मन की दशा को भांप सकते थे। गुरू शिवानंद अब अपने मन में दबा हुआ दुख मुरली से बांट रहे थे। मुरली ने उन्हें अपना मन हल्का करने के लिए समय दिया और चुप-चाप उन्हें सुनते रहें।

जो लोग चाहते हैं कि जगत में शांति रहे, लोग सत्य को जानें, अपने व्यक्तिगत सत्यों को दूसरों के सामने सिद्ध करने का प्रयास बंद करें, और सत्संग में बात करें, मतलब सत्य का संग रखें अपनी बातों में, उन लोगों को अपने सहयोगियों का समर्थन करना आवश्यक है। शांति और सत्कर्म का प्रचार करना आवश्यक है। अन्यथा, इस संसार को आकस्मिक विनाश से बचाना मुमकिन नहीं है।

यह तीन उपहार हम स्वयं को दें या किसी और को। यह उपहार बहुमूल्य हैं। इनके मिलने या न मिलने से बहुत कुछ निर्धारित हो सकता है।

1- समय : मृतक को भी। 2- सम्मान : शत्रु का भी। 3- समर्थन : सत्य का ही।